Brad

LE GÉNIE FAIT DES VAGUES

Catalogage avant publication de Bibliothèque et Archives Canada

Mercier, Johanne

   Le génie fait des vagues

   (Brad; 2)
   Pour enfants de 8 ans et plus.

   ISBN: 978-2-89591-038-1

   I. Daigle, Christian, 1968- . II. Titre. III. Collection: Mercier, Johanne. Brad; 2.

PS8576.E687G462 2007   jC843'.54   C2007-942327-X
PS9576.E687G462 2007

© 2007 Les éditions FouLire inc.
4339, rue des Bécassines
Québec (Québec) G1G 1V5
CANADA
Téléphone: (418) 628-4029
Sans frais depuis l'Amérique du Nord: 1 877 628-4029
Télécopie: (418) 628-4801
info@foulire.com

Les éditions FouLire remercient la Société de développement des entreprises culturelles du Québec (SODEC) pour son aide à l'édition et à la promotion.

Gouvernement du Québec – Programme de crédit d'impôt pour l'édition de livres– gestion SODEC.

Les éditions FouLire remercient également le Conseil des Arts du Canada de l'aide accordée à leur programme de publication.

IMPRIMÉ AU CANADA/PRINTED IN CANADA

LE GÉNIE FAIT DES VAGUES

JOHANNE MERCIER

Illustrations
Christian Daigle

Roman

Imaginez qu'un beau matin, un génie sans gêne débarque chez vous sans prévenir et promette d'exaucer trois de vos vœux les plus chers. Imaginez maintenant que, pour des raisons tout à fait hors de votre contrôle, vous soyez complètement passé à côté des deux premiers vœux et qu'il ne vous en reste qu'un seul. Un dernier. Lequel choisiriez-vous? Pas facile, n'est-ce pas? C'est pourtant ce que vit la famille Pomerleau depuis bientôt un an.

Depuis trois cent vingt-sept jours exactement, Jules, Guillaume, Albert et Huguette discutent, réfléchissent, pèsent le pour et le contre et cherchent ce qui serait vraiment bon pour eux, ce qui transformerait leur vie et ferait leur petit bonheur. Mais rien n'arrive jamais à les satisfaire tous les quatre...

Faut-il préciser qu'Albert en a plus qu'assez de voir traîner le génie sous son toit?

– Tu disais qu'il serait parti à Noël, Huguette! Tu m'as répété la même chose aux Rois, à Pâques, à ma fête, à la Saint-Valentin, au...

– On est sur le point de se mettre d'accord sur le dernier vœu, Albert. Sois patient! D'ailleurs, je viens d'avoir une merveilleuse idée...

– *Mom*, si c'est ton idée d'une ferme avec des moutons, c'est vraiment pas *cool*...

– Ton jet privé, c'est pas mieux, Guillaume!

– On pourrait demander à Brad de nous donner des super pouvoirs?

– C'est vraiment n'importe quoi! La vie éternelle, un jet, des moutons! La semaine dernière, vous vouliez un voilier, la paix dans le monde, une ferme d'autruches! On n'y arrivera jamais!

– Qu'est-ce que ce serait ton dernier vœu, toi, Albert?

– Qu'on se débarrasse du génie!

– Rien d'autre?

– Non.

– Même pas des moutons?

– *Mom*, arrête avec tes moutons!

Et les Pomerleau ne se décident toujours pas.

Remarquez, Bradoulboudour, lui, ne s'en plaint pas, bien au contraire. Tant que la question du dernier vœu reste en suspens, monsieur profite toujours du confort de leur foyer, regarde la télé tard le soir, vide leurs sacs de chips et organise de mémorables soirées de billard avec l'agent Duclos, avec qui, il faut bien le dire, il s'est découvert de sérieux atomes crochus. Malgré tout, il y a quelques semaines, Brad est venu mettre son grain de sel dans une des discussions animées de la famille Pomerleau en déclarant, mine de rien :

– Mes amis, je ne veux pas me mêler de ce qui ne me regarde pas, quoique cela me regarde tout de même un petit peu...

– Brad, nous essayons de discuter ! a rapidement coupé Albert. Si nous voulons enfin nous entendre sur ce dernier vœu, nous...

– Justement, Albert. En feuilletant ce magazine, je pense que j'ai trouvé ce qui nous ferait vraiment plaisir.

– Qu'est-ce que vous dites ?

– J'ai dit : je pense que j'ai trouvé ce qui vous ferait vraiment plaisir.

– Brad, j'ai très bien entendu. Vous avez dit : je pense que j'ai trouvé ce qui NOUS ferait vraiment plaisir.

– Mais non, mais non…

Albert a soupiré bruyamment. Pas question de se faire emberlificoter par Bradoulboudour comme pour les deux autres vœux ! Leur dernier souhait ne servira certainement pas à réaliser le rêve de monsieur. Plutôt mourir ! Bradoulboudour a eu son palace doré et sa voiture décapotable alors qu'ils avaient demandé une remise et une familiale ; c'est assez ! C'est déjà trop.

– Et à quoi pensiez-vous, Brad ? a tout de même demandé Huguette, curieuse.

– À Bora Bora, a répondu le génie.

– À quoi ?

– Bora Bora.

– Je ne comprends pas.

– Bora Bora.

– C'est un peu énervant, là, Brad ! s'est impatienté Albert. Précisez votre pensée, nom de Dieu !

– L'île de Bora Bora en Polynésie. Le paradis sur terre, Albert ! Fermez les yeux.

– Pas question.

– Imaginez le soleil qui fait danser ses rayons dorés sur la mer turquoise, les tortues géantes, les hôtels sur pilotis, le petit parasol dans les apéros glacés. On peut partir tout de suite, si vous voulez !

– Non, Brad.

– Demain, alors ? Je n'ai rien de prévu, demain. Après-demain non plus.

– C'est encore un de vos rêves, n'est-ce pas, Brad ?

– Oh, moi, je suis très bien ici, vous savez. Mais tant qu'à réaliser un vœu, autant se retrouver tous ensemble sous les palmiers, non ?

L'idée avait du bon. Mais réflexion faite, les membres de la famille Pomerleau ont décliné la gentille proposition de Brad. Ils s'entendaient tous pour dire que le dernier vœu devait être plus gros, plus spectaculaire, plus drôle, plus fou. Déçu, Bradoulboudour, qui rêvait de visiter Bora Bora, s'est consolé en sautant dans sa MG. Après tout, la vie chez les Pomerleau est fort agréable aussi.

Rien n'est jamais parfait dans la vie. Du moins, pas longtemps. Depuis quelques semaines, Bradoulboudour se plaint qu'il dort mal sur le sofa du salon. Certains matins, il menace même les Pomerleau d'aller passer ses nuits à l'hôtel, question de détendre ses pauvres vertèbres endolories. Huguette panique. Évidemment, il est hors de question de laisser Brad partir à l'hôtel. Ne serait-ce qu'une nuit. Ils n'en ont pas les moyens, d'abord, et Dieu sait où pourrait aller le génie ensuite. Quelle rencontre il pourrait faire. Pire: Brad pourrait très bien se faire adopter par un nouveau maître et ne jamais revenir! Non, il ne faut vraiment pas perdre Bradoulboudour de vue. Huguette en est convaincue.

– Brad vous exagérez un peu, lui a-t-elle dit en espérant clore la discussion une fois pour toutes. Ce sofa est très confortable. Nous n'allons certainement pas en acheter un nouveau pour satisfaire vos petits caprices!

– Bon.

– Et cessez de bouder, Brad. Videz plutôt le lave-vaisselle!

– Le grand vizir Jamyl ne m'aurait jamais traité de la sorte. Il est vrai que certains maîtres savent apprécier la présence de leur génie, tandis que d'autres...

– Ne me faites pas pleurer. Vous êtes très gâté, ici.

– Mais je ne dors plus, Huguette! Mon lit est au beau milieu de la place. Tout le monde me réveille. Moi, quand je manque de sommeil, je deviens distrait, maussade, égocentrique, instable et susceptible.

– Vous n'avez vraiment pas besoin d'une nuit blanche pour ça, Brad.

– Pardon ?

– Rien.

– Vous pourriez me payer une petite nuit à l'hôtel, Huguette ?

– Pas question.

– Chose certaine, il faut trouver une solution !

Tous les espoirs de la famille étant entre les mains de ce génie capricieux, Huguette contenait son impatience. Après quelques jours de jérémiades particulièrement pénibles, elle a donc pris le taureau par les cornes en exposant le problème à son mari. Du même coup, elle lui a fourni la solution…

– Que je lui fasse quoi ?! a hurlé Albert, qui avait, on le devine, très bien entendu.

– Tu n'as pas besoin de lui faire une grande chambre, Albert. Il veut juste un peu d'intimité. C'est bien normal.

– Désolé, Huguette, mais je n'ai pas du tout l'intention de faire de la construction pendant mes vacances.

– Voyons, Albert. C'est notre génie. Il faut le gâter un peu. Il y a des maîtres qui prennent pas mal plus soin de leur génie.

– Il y a des génies qui prennent pas mal plus soin de leur maître aussi !

– Il ne dort plus, Albert. Imagine s'il est incapable de réaliser notre dernier souhait parce qu'il est trop épuisé… On perdrait tout.

– Huguette, on devrait pas plutôt trouver notre dernier vœu plutôt que de refaire le sous-sol ?

Comme on la connaît, Huguette n'a pas lâché prise. Et comme on le connaît, Albert a finalement accepté de passer deux de ses trois précieuses semaines de vacances à construire la chambre du génie. Tout un contrat!

Mais Albert n'a pas tout perdu. Appréciant ses efforts, son courage et sa générosité, Huguette, Guillaume et Jules ont promis d'accepter sans discuter le projet de voyage d'Albert cette année. Ce qui est déjà beaucoup. Car pour la famille Pomerleau, planifier des vacances, c'est souvent beaucoup de boulot. Personne ne se met jamais d'accord là non plus (imaginez quand il s'agit d'un vœu...). Albert a donc sauté sur l'occasion pour organiser une magnifique semaine de pêche. Il a réservé un petit chalet au beau milieu d'une pourvoirie lointaine. Un paradis de brûlots, de bestioles et de couleuvres. Personne n'a rien dit. Comme promis. Personne n'était emballé. Comme prévu. Ils partiront tous les quatre, vendredi, très tôt.

Mais revenons à cette fameuse chambre au sous-sol, puisqu'elle est maintenant terminée. Il faut dire qu'Albert, qui n'est vraiment pas des plus bricoleurs, a trimé dur, mais il l'a faite et c'est ce qui importe. La chambre est petite, c'est vrai. Un peu sombre, je vous l'accorde, mais pour quelqu'un qui a passé sa vie dans une potiche, ce sera sûrement très bien. C'est du moins ce que pense Albert en admirant le travail accompli.

D'ailleurs, Bradoulboudour visite sa chambre en ce moment et comme c'est la toute première fois qu'il y met les pieds, il ne faudrait pas rater l'événement...

– Il y a un problème, Brad? demande Albert, qui n'aime pas tellement la tête que fait le génie en examinant les lieux. C'est ce que vous vouliez, non? Une chambre bien à vous, un matelas confortable. Vous serez beaucoup plus tranquille ici... et nous aussi...

– C'est que...

– Vous aurez la télé, pas de problème.

– La fenêtre...

– Qu'est-ce qu'elle a, la fenêtre, Brad?

– Elle est pas un peu petite?

– Pas du tout. Elle est très bien, la fenêtre.

– Le problème, c'est peut-être la couleur, alors. C'est quoi cette couleur qui assombrit, Albert?

– Un mélange de trois restes de gallons. La même teinte que votre habit, tiens. Qu'est-ce qu'on dit?

Brad n'a pas le temps de remercier Albert. L'aurait-il fait? Nous ne le saurons jamais car Huguette, qui n'a pas encore eu la chance de voir la chambre de Bradoulboudour, arrive à ce moment. Albert lui réservait la surprise. C'est précisément ce qu'elle a en entrant.

– Oh là là ! fait-elle, les yeux écarquillés. C'est...

– Terminé, ma chérie, devance Albert.

Visiblement nerveuse, Huguette se tourne vers le génie et, bien que la déception se lise dans les moindres traits du visage de Bradoulboudour, elle lui demande avec son plus beau sourire :

– Vous aimez ?

– Eh bien... ma chère Huguette, disons que mes anciens maîtres m'ont habitué à un peu plus de luxe. Le somptueux palace d'Abdelkarim, par exemple...

– Pardon ? coupe rapidement Albert. J'ai pas bien entendu, là. Vous voulez dire que vous n'aimez pas votre chambre, c'est ça ?

– Si vous voulez mon avis...

– Je ne vous demande pas votre avis, Brad.

– Tu peux monter deux minutes, mon chéri? coupe aussitôt Huguette.

Albert emboîte le pas à son épouse. Le pas pesant, d'ailleurs. Huguette n'a pas l'air contente du tout. Décidément, personne n'est content ce matin.

– Albert, il nous reste un dernier vœu à faire exaucer au cas où tu l'aurais oublié!

– Pourquoi tu me dis ça?

– As-tu vu la chambre? Tu dormirais là-dedans, toi? Le plancher est tout croche, y a pas de lumière, la fenêtre est minuscule, la couleur est morbide ! Tu le fais exprès ou quoi ?

– Pour ?

– Pour qu'il parte ! Qu'il nous quitte sans même avoir exaucé le troisième vœu !

– Voyons, Huguette, où veux-tu qu'il aille ?

– N'importe où, Albert ! Chez Maurice Leblanc, pourquoi pas ? Il pourrait même décider d'aller chez l'agent Duclos, ils s'entendent tellement bien, ces deux-là ! Tu imagines qu'on le perde ? Tu imagines qu'il exauce les trois vœux de la voisine sous nos yeux ? Déjà qu'elle est toujours à épier Brad au-dessus de sa haie...

Albert n'est pas convaincu. Le génie ne partira sûrement pas tant qu'on ne le forcera pas à le faire. Et pendant qu'il range définitivement ses pinceaux, son rouleau et sa vieille salopette en se disant que jamais, au grand jamais, il ne retouchera à cette chambre, Bradoulboudour monte du sous-sol en se disant que jamais, au grand jamais, il ne dormira dans cette espèce de garde-robe sans intérêt.

– Désolé, mes amis, mais j'étouffe là-dedans. Trop sombre, trop petit, trop étroit.

– Je vous rappelle, mon cher Brad, que vous avez passé les trois quarts de votre existence dans une potiche! lui répond Albert du tac au tac.

– Ben voilà. Je suis devenu claustrophobe, Albert. J'ai fait trop de potiche, probablement.

– Un génie de potiche claustrophobe… De mieux en mieux…

– Ne vous en faites pas pour moi. Je vais aller dormir à l'hôtel. Il paraît que c'est bien, la vie d'hôtel. Les matelas sont moelleux, les draps…

– Non ! coupe aussitôt Huguette. J'ai une autre solution !

– Ah ?

– Vous dormirez dans notre lit.

La phrase est sortie toute seule. Huguette Pomerleau vous le dira, elle n'a pas réfléchi deux secondes avant de lancer cette proposition.

– Qu'est-ce que tu racontes, Huguette ? Tu veux qu'il dorme avec nous ?

– Mais non, Albert, voyons, c'est ridicule ! Brad va dormir dans notre lit et nous, on va dormir dans la chambre que tu viens de terminer, au sous-sol.

– C'est important, le sommeil, précise Bradoulboudour, tout sourire.

– Es-tu sérieuse, Huguette?

– Juste le temps qu'on arrive à s'entendre pour notre dernier vœu..., murmure Huguette à l'oreille d'Albert.

– Demande-lui tes moutons qu'on en finisse!

– Mais non, Albert.

Coincé, Albert n'ose pas avouer qu'il ne pourra jamais dormir dans cette espèce de pièce minuscule. À court d'arguments, il accepte le marché. Bradoulboudour dormira dans son lit, lui et Huguette dans la petite chambre sombre et humide du sous-sol.

«Vivement les vacances loin de ce génie fauteur de troubles!» se dit Albert, qui n'en peut vraiment plus.

Le soleil descend doucement. La soirée est calme. Sur la galerie d'en arrière, Albert Pomerleau démêle ses fils à pêche, ses hameçons et ses leurres en sifflotant. Il se voit déjà demain soir sur sa chaloupe, taquinant la truite… Depuis le temps qu'il rêve de ces vacances en famille. Depuis le temps qu'il veut emmener son petit monde à la pêche. Et puis, l'idée de passer une semaine sans le génie le met franchement de bonne humeur. Une semaine à refaire le plein, ce ne sera pas de trop. Une semaine de paix. Une semaine à se payer le chant des cigales. Une semaine de…

– Albeeeeeeeeeeert?

Albert ne répond pas. Il ne lève même pas les yeux vers Huguette. Il n'aime pas du tout le ton qu'elle vient de prendre pour dire son prénom. Il a ce qu'on appelle un mauvais pressentiment...

– Albert, j'ai quelque chose à te dire, mon chéri...

– Oui? fait Albert, le regard fixé au fond de son coffre à pêche.

– J'ai réfléchi et je ne pourrai pas.

– Qu'est-ce que tu ne pourras pas, Huguette? Mettre les vers? Enlever l'hameçon? Vider les truites? Je vais tout faire ça pour toi, ma belle.

– Je ne pourrai pas partir une semaine et laisser Brad ici tout seul. Voilà. Je l'ai dit.

– Qu'est-ce que tu racontes?

– Je serais trop inquiète.

– Mais Brad se débrouille très bien. Il connaît le fonctionnement de la machine à *pop-corn* et du lecteur DVD. Jules l'a même initié au jeu vidéo…

– Tu imagines dans quel état on va retrouver la maison en rentrant?

– Il faut lui faire confiance un peu, Huguette. Coupe le cordon.

– Et le tapage nocturne, Albert? Il serait bien capable d'organiser une de ces soirées de billard. Que vont dire les voisins? Déjà qu'ils commencent à jaser… As-tu remarqué que la voisine n'arrête pas de m'emprunter des tasses de sucre? S'il fallait que ça se sache à Saint-Basile qu'on héberge un génie…

– Qu'est-ce que tu proposes, Huguette? Qu'on appelle une gardienne? Qu'on le mette en pension? Qu'on engage une nounou?

– Pas bête l'idée de la nounou…

– Huguette, franchement!

– Et s'il venait avec nous? laisse tomber Huguette en évitant de regarder son mari dans les yeux.

– Jamais!

– Je serais tellement plus détendue, Albert...

Sur cette proposition, Jules arrive, tout énervé.

– Est-ce que Brad vient avec nous en vacances?

– Non! répond sèchement Albert. Brad reste ici. Il va garder la maison.

– Mais...

– J'ai dit non, Jules.

Un non définitif. Un non qui veut à tout prix éviter les complications. Un non autoritaire qui ne laisse place à aucune espèce de discussion...

– Mais pourquoi? font en chœur Huguette et Jules.

– Parce que ce sont nos vacances en famille! Voilà pourquoi.

– Mais il fait partie de la famille, Brad, insiste Jules.

– Le petit a raison, mon chéri.

– Je suis pas petit!

– Et il n'a pas raison!

Quand Guillaume arrive sur la galerie à son tour, Albert se dit que les choses ne vont certainement pas se simplifier. Ils avaient pourtant promis de ne pas discuter. Il aurait dû leur faire signer un contrat. Leur faire écrire noir sur blanc que les vacances se dérouleraient exactement comme il le voulait. POUR UNE FOIS! Et en famille. Un point c'est tout.

– Est-ce que ça dérange si Anne-Marie vient avec nous en vacances? demande Guillaume.

– Ben là, si Guillaume emmène sa blonde, moi, j'emmène Brad! souligne Jules.

– Anne-Marie ne viendra pas et Brad non plus. Tout a été dit.

– Plus on est de fous, plus on rigole, Albert, ajoute Huguette.

– Et ils vont s'asseoir où, vos fous? leur demande Albert. Un dans le coffre à gants et l'autre dans le porte-gobelet?

– On pourrait louer une voiture huit passagers! propose Huguette.

– Évidemment, si ton génie avait réalisé le deuxième vœu, on n'aurait pas de problème d'espace, mais monsieur préfère les voitures de collection...

– Tu l'aimes aussi, la MG, Albert.

– C'est toujours Brad qui la prend. Faut faire une série de salamalecs pour avoir les clés.

– C'est oui ou c'est non pour Anne-Marie ? insiste Guillaume. Elle attend au téléphone…

– C'est non, Guillaume !

– Mais pourquoi ? Anne-Marie adore la pêche…

Albert n'a pas le temps d'argumenter qu'un quatrième larron avec une cravate affreuse se pointe sur la galerie et demande avec candeur :

– Huguette, vous me conseillez d'apporter quelle crème solaire pour partir en vacances ? La 10 ou la 30 ?

Furieux, Albert se lève d'un bond et fait les cent pas sur la galerie. Huguette sautille derrière…

– Ce n'est pas du tout ce que tu crois, mon chéri.

– Tu lui avais déjà dit OUI, Huguette ! Tu l'avais invité sans me consulter !

– Je lui ai dit « peut-être », mais tu sais comment il est...

– Tu imagines vraiment Bradoulboudour dans un chalet de pêche ? Tu l'imagines dans une chaloupe en train de...

– Justement..., répond doucement Huguette. Je voulais t'en parler aussi.

– De ?

Huguette toussote un peu et cherche ses mots. Comment bien présenter son projet ?...

– J'ai pensé qu'on pourrait peut-être... aller voir la mer ? laisse-t-elle tomber nerveusement.

– ALLER VOIR LA MER ?!

– On ira à la pêche l'an prochain...

– Tu veux aller voir la mer?

– C'est joli, la mer.

– Mais réalises-tu qu'on est ENCORE en train d'exaucer le vœu de monsieur! hurle Albert.

– Mais non, mon chéri! Il n'est absolument pas question d'aller passer nos vacances dans un hôtel sur pilotis avec de l'eau turquoise, des tortues géantes et des apéros colorés servis avec un petit parasol.

– Ah non? fait Brad avec une moue de gros bébé gâté.

– Non, Brad, lance Huguette avec autorité. Nous irons voir la mer, mais nous ferons du camping.

– Ah bon. C'est parfait, consent rapidement Bradoulboudour avec le sourire.

– Tu vois qu'il peut faire des compromis…, murmure Huguette à l'oreille d'Albert. Si Brad fait un bout de chemin, pourquoi tu n'en ferais pas autant?

– Et c'est quoi, au juste, le campiiiigne? demande Brad.

Albert a fait contre mauvaise fortune bon cœur. Ils iront à la mer. Brad a gagné encore une fois. Pour être honnête, l'idée de voir comment le génie va se débrouiller en camping amuse Albert au plus haut point. Là-bas, il en est convaincu, il sera le maître des lieux. Hé, hé, hé! L'heure de la vengeance a sonné! En camping, le grand Bradoulboudour va mordre la poussière.

Car il faut bien rendre à César ce qui appartient à César: s'il n'est pas doué pour les travaux manuels, Albert Pomerleau est néanmoins un véritable pro du plein air. Son passé de chef scout surgit toujours le moment venu. Personne ne remet jamais en doute son sens inné de l'organisation, ses techniques de nœuds que personne n'arrive à défaire (pas même lui) sans parler de sa super recette de bannique. Albert adore la vie de camp et, ce matin, en plaçant de façon méthodique les toujours trop nombreux bagages dans le toujours trop minuscule coffre arrière de la voiture, il ne peut s'empêcher de sourire...

– J'ai encore une ou deux petites questions, Albert, au sujet du camping, dit le génie en apportant les sacs de voyage.

– Allez-y, mon cher Brad, lui répond Albert, plus en forme que jamais.

– Si j'ai bien compris, on va dormir directement sur le sol ?

– Exact.

– Dans des espèces de sacs ?

– Absolument.

– Il n'y aura ni télé, ni jeu vidéo, ni cafetière espresso ?

– Vous avez parfaitement saisi la base du camping sauvage, Brad. Donnez-moi la petite valise bleue…

– Soyez sérieux, Albert. Ce n'est pas ce qu'on appelle des vacances. C'est de la torture, votre histoire de camping.

– Personne ne vous oblige à venir avec nous, Brad.

– Et on ira où ?

– À Sarnia Beach.

– Il y a des tortues, au moins ?

– Des *lobster roll*, des clams et des frites. C'est très bien aussi.

Penaud, Brad s'éloigne puis revient, l'œil optimiste.

– Il vous reste un vœu, Albert.

– Inutile de me le rappeler, Brad. Les choses vont assez mal comme ça.

– Tout est encore possible pour vous et votre famille. Profitez-en pour vous gâter. C'est le temps où jamais de s'amuser. Est-ce que je vous ai dit qu'à Bora Bora, le plancher des hôtels est vitré et que vous pouvez voir les poissons nager sous vos pieds?

– Nous avons dit pas de Bora Bora, Brad.

– Mais pourquoi?

– Allez chercher la glacière!

Bradoulboudour ne bronche pas. Jules, Guillaume et Huguette arrivent avec les derniers bagages, Albert met sa casquette et annonce officiellement le départ.

– Et ce sera long, la route ? s'inquiète Bradoulboudour en prenant place sur la banquette arrière entre Guillaume et Jules.

– Mais non, mais non…, lui répond Huguette.

Évidemment, personne n'ose lui dire qu'ils en ont pour toute la journée à rouler.

– On arrive bientôt ? demande-t-il cinq minutes plus tard.

– On y est presque ! répond Albert, qui s'amuse déjà comme un petit fou.

Il est passé minuit, il fait une chaleur torride et le moral des troupes est à son plus bas. Rouler neuf heures quarante minutes, à cinq, entassés dans une voiture remplie de bagages, sans climatiseur et avec un génie qui n'arrête pas de se plaindre, peut être une expérience fort éprouvante. Ajouter à cela deux heures de route supplémentaires à tourner en rond pour trouver un terrain de camping et vous aurez une petite famille au bord de la crise de nerfs. Oui, bon, vous me direz que les Pomerleau auraient dû réserver un emplacement avant de partir et vous avez parfaitement raison. Mais inutile de leur en parler en ce moment.

Voyant leur mine verdâtre, le propriétaire du *Coconut Island Campground* déjà ultra-bondé a finalement pitié d'eux. Il accepte donc que les Pomerleau piquent leur tente sur un petit monticule juste à côté d'une remise délabrée. Il leur loue l'emplacement à tarif double. Sans eau, sans électricité et visiblement sans remords.

> – *La sauterelle*
> *Saute, bondit et court*
> *Légers comme elle*
> *Courons, courons toujours!*

– Laisse faire tes chansons scoutes, Albert. On est crevés, grogne Huguette en sortant de la voiture.

Albert, qui a conduit de Saint-Basile à Sarnia Beach, est étonnamment dans une forme resplendissante.

– C'est le moment de diviser les tâches, annonce-t-il, plus déterminé que jamais. On va installer le camp, sortir les bagages, préparer l'emplacement pour le feu, chercher de l'eau, fendre le petit bois, installer les bâches, défaire le…

– On monte les tentes, on se couche pis on dort! coupe Huguette, à moitié morte.

Il faut préciser qu'Albert a souvent le don de transformer des petites vacances en expédition de grande envergure. Pour lui, le camping n'est pas seulement une façon de voyager à bas prix ou de se détendre dans la nature. Albert y voit toujours l'occasion de relever des défis et de se dépasser. Chose certaine, défi ou pas, il faut monter les deux tentes au plus vite!

Pendant qu'Albert Pomerleau va tranquillement régler la note au bureau d'accueil et prendre quelques informations sur les activités à faire dans le coin (comme si c'était le moment), la famille Pomerleau commence à s'installer.

Brad est rapidement témoin des joies du camping...

– Comment veux-tu monter une tente sur une butte? En plus, on voit rien!

– Commence pas à bougonner, Guillaume Pomerleau! Va chercher la lampe de poche!

– C'est quoi, ce bruit-là?

– Ça vient de la remise. Probablement une espèce de pompe pour les toilettes.

– On va entendre ça toute la nuit?

– Ben non. On va s'habituer. Passe-moi les piquets, Jules.

– Quels piquets?

– Brad, apportez-nous le chasse-moustiques, s'il vous plaît!

– La lampe de poche allume pas, maman.

– Donne un bon coup dessus, c'est tout.

– Elle allume toujours pas.

– Passe-la-moi ! Tiens !

– Tu l'as brisée, *mom*.

– Le CHASSE-MOUSTIQUES, Brad !
On se fait manger tout rond !

– J'ai les piquets !

– C'est même pas les bons ! Toujours
pareil, personne prend soin du matériel !

– Huguette, je trouve pas votre chasse-
moustiques...

– Dans la valise bleue, une pochette
noire, une bouteille verte avec un bouchon
jaune, c'est pourtant pas sorcier !

– Une valise bleue, bouteille verte,
pochette, bouchon.... Compliquée, votre
histoire...

– Es-tu certaine que la tente va tenir
comme ça, *mom* ?

– Ben oui. On est pas toujours obligé
de mettre leurs cinquante-six piquets.

– Y m'semble que c'est croche.

– C'est pas mon premier camping, tu sauras, Guillaume Pomerleau!

Quand Albert revient avec son sourire et ses dépliants d'attraits touristiques, tout est bien installé. Ou à peu près. Les deux tentes sont montées, du moins. Les bagages sont sortis, le pire est fait. Albert n'est pas peu fier.

– Vous voyez, Brad? C'est ça, le camping en famille! Tout le monde y met du sien. Formidable, non?

N'empêche qu'avant d'aller dormir, une dernière question s'impose. Il y a une petite tente pour quatre personnes et une autre tente encore plus petite pour les bagages. Il apparaît évident que quelqu'un doit dormir avec les bagages. Reste à trouver qui: qui se sacrifiera?

– Pas moi.

– Ni moi.

– Pas moi non plus.

– Ni moi certain.

Pour faire une histoire courte, il n'y a pas beaucoup de volontaires.

– On va faire un tirage! propose alors Albert, qui a prévu le coup. J'ai déjà écrit nos noms. Celui que je pige va dormir dans la tente à bagages. On pourrait appeler ça «le grand défi de la tente à bagages». On refera le tirage tous les soirs. Il pourrait y avoir une petite récompense pour celui qui relève le défi le plus souvent…

– Comme? demande Jules.

– Je sais pas, disons… 25 points.

– Qu'est-ce que ça donne, les points? s'intéresse Brad.

– On les accumule toute la semaine.

– Pour faire quoi?

– Quand on est rendu à 100 points, on a droit à 25 points bonis.

– Et?

– Ça paraît pas, mais ça monte vite!

– Et?

– Et quoi, Brad? Vous me fatiguez un peu avec vos questions!

– Mais qu'est-ce qu'on gagne à la fin de la semaine?

– Réalisez-vous à quel point vous êtes bébé, Brad? Vous ne pensez qu'aux récompenses. Le plaisir de relever des défis, qu'est-ce que vous en faites?

Mais comme il est tard, que tout le monde est crevé et que ce n'est plus le moment de discuter, ils acceptent l'idée du tirage pour la nuit et le système de points tant qu'à faire. N'importe quoi pour en finir. Après tout, le tirage au sort est la meilleure solution dans les circonstances. Albert sort donc de sa poche un sac contenant les noms. Il ferme les yeux, plonge sa main et mélange les cinq petits billets bien pliés.

Il mélange encore.

Et encore.

Et encore.

C'est long.

– C'est beau, Albert! Pige! s'impatiente Huguette, au bout du rouleau.

Albert saisit un billet, le déplie minutieusement, le lit, sourit et annonce:

– C'est Brad.

– Qui? Moi? Je dors avec les bagages? fait Brad, au bord de la crise d'anxiété.

– Allez, courage, lui répond Albert en lui tapant sur l'épaule.

– Vous me laissez tout seul avec les bagages ?

– Ils ne vont pas vous mordre, Brad.

– Je sais mais…

– Méfiez-vous des ours, cependant !

– Des ours ?

– Bonne nuit !

Crevés, les Pomerleau se dirigent aussitôt vers leur tente, laissant Brad à son infortune.

Le temps de lever la fermeture éclair… ZIIIIIIIIIIIIIIIIIIIP !

La tente s'écroule.

– Je l'avais dit, *mom*.

Seul dans sa petite tente, abandonné de tous, le grand génie Bradoulboudour n'arrive pas à fermer l'œil. Impossible. Depuis une bonne heure, il livre une bataille sans fin avec les moustiques qui espéraient passer la nuit avec lui. Les nerfs à fleur de peau, Brad ne peut s'empêcher d'aller déranger ses amis. Simple question de survie.

Il fait nuit noire. Pas de lune. Que du noir. Du noir, des mouches noires et des ours noirs, probablement…

Le génie avance prudemment vers la tente des Pomerleau qui a été remise debout, il y a quelques minutes à peine…

– Pssssst! Albert? chuchote-t-il.

– …

– Huguette?

– …

– Les gars? dit-il un peu plus fort.

– Brad, nous dormons! grogne Albert.

– Vous en avez de la chance! Moi, je ne peux pas. J'avais déjà des problèmes de sommeil à la maison, alors imaginez ici, dormir par terre et... Albert? Vous m'écoutez?

– Bonne nuit, Brad.

Le génie laisse passer un moment et reprend cette fois sur un ton plus mielleux:

– Y aurait pas une petite place pour moi dans votre tente? La mienne est remplie de bestioles avec tout plein de pattes...

– Non, Brad!

Déçu, le génie retourne vers sa tente mais revient aussitôt à celle des Pomerleau.

– Albert?

– Quoi encore?

– La pompe dans la remise, elle vous empêche pas de dormir, vous?

– En ce moment, Brad, ce n'est pas la pompe qui nous empêche de dormir!

– Bonne nuit, alors.

– C'est ça.

Bradoulboudour se glisse dans sa tente, mais un détail le titille encore. Il hésite, mais après une demi-heure, il se dit que jamais il ne pourra trouver le sommeil s'il ne tire pas cette affaire au clair.

– Psssssssssst! Albert?

– C'est pas vrai! Vous n'allez pas faire ce petit manège toute la nuit, Brad?

– C'est au sujet des ours, Albert…

– Le truc, c'est de les fixer dans les yeux, si vous en croisez un. Montrez-lui que vous êtes le maître!

Bradoulboudour est terrorisé.

– Et si je ne vois pas ses yeux dans le noir, Albert?

– Ne prenez pas de risque, Brad. Grimpez dans un arbre.

– Je ne vois pas d'arbre non plus.

– Nous reparlerons de tout cela demain.

– Bon, d'accord, murmure Brad en tentant de se calmer du mieux qu'il peut.

– Si vous êtes toujours vivant, évidemment…, ajoute Albert.

60

– Le matin, tout resplendit, tout chaaanteeeee…

– Papa, arrête de chanter! On veut dormir! crie Jules, blotti dans son sac de couchage.

– Debout les campeurs! Pas question de passer les vacances dans les bras de Morphée!

– Chuuuuuuuuuuuuuuuuuuut! fait Guillaume.

– Pas de fainéants au camp! Pas de mauviettes. Pas de paresse. Corvée de déjeuner! Allez, hop!

– Albert Pomerleau, ronchonne Huguette, le soleil vient de se lever. On n'a pas dormi de la nuit avec les inquiétudes de Brad, le bruit de la pompe et toi qui ronfles!

– Je ronfle, moi ?

– Il doit être 5 heures du matin, p'pa.

– L'avenir appartient à ceux qui se lèvent tôt !

– On reparlera de l'avenir plus tard, Albert. OK ?

Albert est frais et dispos. Il sort de la tente, allume un petit feu et fait noircir une tranche de pain blanc qu'il a piquée au bout d'une branche morte. Le tout lui prend deux bonnes heures mais Albert jubile.

«Ahhhhhh ! la vie de camp, quel plaisir, quel bonheur ! Quelle extase !…» se dit-il. L'odeur du pain qui brûle lui rappelle toutes ses expéditions en montagne, ses splendides semaines de canot-camping, la médaille d'or qu'il avait décrochée pour avoir fait la traversée du lac Nairn à la nage en un temps record. Il faudrait bien qu'il montre cette médaille à Brad un de ces jours. Et le cahier qui relate tous ces exploits. Brad serait sûrement impressionné. Justement, que fait ce paresseux? Il ne va pas dormir jusqu'à midi!

Albert s'approche de la tente à bagages, sourire aux lèvres...

– Psssssst! Brad? Êtes-vous réveillé? dit-il dans le but bien précis de le tirer du sommeil.

– ...

– Brad? You hou, c'est le matin. Vous entendez les petits oiseaux qui gazouillent?

– ...

– Brad? Ne me dites pas que vous avez croisé un ours cette nuit?

Mission accomplie! Brad est maintenant réveillé. La fermeture de la tente monte lentement. Le génie en sort comme un zombie, les cheveux en bataille, les traits tirés, une piqûre de moustique sur la paupière gauche. Bref, ce n'est pas joli-joli.

– Bonjour, mon petit Brad, fait Albert, dont la bonne humeur pourrait finir par taper sur les nerfs. Vous avez survécu?

Bradoulboudour ne daigne pas répondre. Il traîne ses pieds jusqu'à la table à pique-nique, s'assied et enlève une à une les fourmis qui montent sur le pot de beurre d'arachide. Il n'a pas le moral.

– J'ai l'intention de vous donner un atelier de boussole aujourd'hui, Brad.

– Il y a du café, Albert?

– Pratique, la boussole, en camping.

– Une cafetière aussi.

– Allons, Brad, souriez un peu. Vous avez vu ce ciel? Ça vaut bien celui de Bora Bora, non?

– Je rêve ou les voisins font griller du bacon, Albert?

– Avez-vous déjà mangé de la bannique, Brad?

– Mon royaume pour deux œufs bénédictines…, marmonne Bradoul-boudour en plongeant sa main dans la boîte de Cheerios humides.

Puis une autre fermeture éclair monte. Impossible de se rendormir. Le soleil qui plombe sur la tente a déjà commencé à étuver ses occupants.

– Brad? On va voir la mer tout de suite? demande Jules aussitôt sorti de la tente.

– Avez-vous déjà fait du surf? ajoute Guillaume, qui suit derrière. Venez vite, on va vous montrer!

– Minute, les gars! les interrompt leur chef scout de père. Planifions d'abord la journée. On déjeune, on fait la vaisselle, on range le camp, ensuite on pourrait faire une expédition sur…

Ils sont partis. Tous les trois.

Sa planche de surf sous le bras, Guillaume court vers la mer à grandes enjambées en criant:

– Le dernier saucé est une poule mouillée!

Expression que Brad ne saisit pas et qui ne semble pas le motiver à se baigner le moins du monde.

– C'est la toute première fois que je trempe mes pieds dans l'eau salée, déclare le génie frileux en roulant ses pantalons jusqu'aux genoux.

– Vous devriez mettre votre maillot, lui dit Jules.

– Je n'ai pas de maillot.

– Vous n'avez pas de maillot ?

– Je sais même pas nager…, ajoute-t-il.

Mais personne n'entend cette dernière phrase.

Les deux jeunes sont déjà dans les vagues, ils rigolent comme des fous et en oublient leur invité… jusqu'à ce que Jules demande à son frère :

– Il est passé où, Brad ?

– Probablement parti emprunter un maillot à p'pa.

Ce n'est qu'une heure plus tard, quand les deux frères décident de quitter les vagues, qu'ils se demandent pourquoi le génie n'est pas revenu se baigner avec eux. Lui qui n'a pas cessé de se plaindre de la chaleur dans la voiture la veille, lui qui rêvait tant de voir la mer.

Bizarre.

8

Au camping, personne n'a vu de petit monsieur avec un fez sur la tête, une horrible cravate et un habit brun à carreaux. Étonnant, tout de même. Ce n'est pas le genre de bonhomme qui passe inaperçu. Bradoulboudour n'est donc pas revenu. Il n'a donné aucun signe de vie non plus.

– C'est pas normal qu'il soit disparu comme ça, répète Huguette.

– Peut-être qu'il est parti s'acheter un maillot..., dit Jules

– Il ne peut pas magasiner, il n'a pas un sou, précise Albert.

– Il a ma carte de crédit...

– T'as vraiment prêté ta carte de crédit à Brad, *mom* ?

– Ben non, Guillaume, ta mère fait une blague! Imagine Brad avec notre carte de crédit dans les poches, on serait vite ruinés!

– Arrête de rire, Albert. J'ai vraiment laissé la carte de crédit à Brad.

– Quoi?

– Mais je lui ai dit de s'en servir seulement en cas de pépin.

– En cas de pépin? Et qu'est-ce que tu penses qu'il va nous apporter?

– Des pépins, je sais. J'aurais pas dû.

– Il va dépenser des millions de dollars, c'est sûr.

– C'est beau, Jules. On panique assez comme ça, pas besoin d'en rajouter.

– Brad a notre carte de crédit! Brad se balade avec NOTRE carte de crédit! Dites-moi que je rêve!!! répète Albert, la tête entre les mains.

– Peut-être qu'il va faire preuve de bon sens? Mmmh?

Albert finit tout de même par se calmer et les Pomerleau passent somme toute une belle journée à la plage. Albert apprécie grandement ce petit moment en famille. Juste tous les quatre, enfin! La disparition de Brad a aussi ses bons côtés, finalement... On se baigne, on rigole, on grignote et on attrape des coups de soleil. Le tout dans l'ordre et parfois dans le désordre. Après tout, c'est les vacances. Mais quand vient l'heure du souper, rien ne va plus. Cette fois, les Pomerleau commencent sérieusement à s'inquiéter. Brad n'est toujours pas revenu.

– J'ai l'impression qu'il s'est perdu..., commence Huguette.

– J'ai voulu lui donner un atelier de boussole, ce matin, mais monsieur a refusé. Monsieur n'a pas besoin de boussole, mais il se perd en magasinant un maillot.

– On devrait aller le chercher, p'pa.

– Il va sûrement se pointer quand il va sentir mes boulettes ! répond Albert.

– Il est peut-être parti à Bora Bora…, ajoute Jules.

Silence.

– Espèce de paquet de troubles…, bougonne Albert en badigeonnant avec un peu trop d'ardeur ses boulettes de sauce piquante. Il doit pas être bien loin. Avez-vous regardé dans la tente ? Derrière la remise ? Dans les douches ?

– On aurait jamais dû le laisser tout seul, dit Huguette, livide. J'ai toujours dit qu'il fallait le surveiller.

– On aurait jamais dû le garder chez nous, voilà ce que je pense, ajoute Albert. Pour ce qu'il nous a rapporté jusqu'à maintenant.

– Vous êtes certains qu'il ne s'est pas baigné ? demande Huguette à ses deux fils.

– Pas sûr qu'il sait nager, *mom*.

La phrase de Guillaume n'a vraiment rien de rassurant.

– Qui veut le premier superhamburger double boulette spécial Albert ? propose Albert, qui cuisine depuis une bonne grosse heure.

– Pas faim.

– Moi non plus.

– Moi non plus.

– On aurait dû exaucer son vœu…, murmure Jules.

– On serait à Bora Bora, au moins. On n'aurait pas tout perdu.

– J'aurai même pas mes moutons...

– Ça avait l'air tellement cool, Bora Bora.

– Pourquoi on lui a dit non aussi, pauvre petit Brad?

– Oh là! Minute! crie Albert, qui en a assez entendu. Il y a un détail qui m'échappe en ce moment! On parle bien du supposé génie qui devait exaucer nos trois vœux et qui a plutôt réalisé deux de ses rêves à lui avant de prendre la poudre d'escampette? On parle du bonhomme qui squatte notre salon depuis un an, logé, nourri? De celui qui nous fait payer ses contraventions, nous oblige à manger du taboulé, nous force à dormir dans une chambre humide, qui gâche nos vacances et qui vient de piquer notre carte de crédit? Il faudrait le prendre en pitié? Pleurer son départ et dire pauvre petit Brad ? C'est ça ? Et pauvre petit Albert ? Y a quelqu'un qui a pensé dire PAUVRE PETIT ALBERT ?!

On n'entend que les boulettes grésiller.

Le soir tombe. Le moral de tout le monde aussi.

À 20 heures, Brad n'est toujours pas revenu.

À 21 heures non plus.

À 21 heures 30, ce n'est plus drôle.

À minuit encore moins.

— Il était tellement gentil, Brad..., pleurniche Jules, qui refuse d'aller dormir tant que le génie n'est pas rentré.

— J'ai l'impression qu'on l'a kidnappé ou un truc comme ça, avance Guillaume. On va probablement recevoir la demande de rançon d'ici 24 heures.

– Encore des dépenses, bougonne Albert. Et qui va payer? Albert, comme d'habitude!

– Quelle idée aussi de mettre cinq fois le nom de Brad pour que ce soit lui qui dorme dans la tente à bagages. Il avait l'air traumatisé.

– Quoi? T'as vraiment triché pour le tirage, p'pa?

– Bon, c'est de ma faute!

– On le reverra plus jamais…, dit Jules.

– Ça suffit, les larmes! On dramatise tout, c'est ridicule, tranche Huguette en prenant une longue respiration. Votre père a raison, il va sûrement revenir. Après tout, on peut bien le laisser respirer un peu. C'est les vacances pour tout le monde! Allez! On fait un beau gros feu, on chante, on mange des guimauves!

– ...

– ...

– Bon. D'accord. Je vais signaler sa disparition..., murmure Huguette.

Et pendant que le ciel s'illumine d'étoiles et que les maringouins poursuivent leur sempiternel festin du soir, rongée par l'inquiétude, Huguette Pomerleau se dirige vers le poste de police de Sarnia Beach.

Ce n'est déjà pas facile de faire une déposition dans une ville étrangère. Dans une langue étrangère, c'est un cauchemar. En ce moment, Huguette Pomerleau regrette amèrement de ne pas avoir poursuivi ses cours d'anglais par correspondance. Heureusement, elle a son petit dictionnaire. Mais où a-t-elle mis son petit dictionnaire, justement? Elle était pourtant certaine de l'avoir dans son sac à main. Ah oui, c'est vrai! Elle n'a pas son sac à main. Un peu nerveuse, la belle Huguette?

– Euh…, commence-t-elle, debout devant le bureau de l'inspecteur Cooper. *My friend Bradoulboudour is…* comment on dit ça déjà?

Cooper fronce les sourcils, prend une gorgée de café, dépose lentement sa tasse sur le bureau pendant qu'Huguette tente de traduire son angoisse en anglais. Ce qui risque de prendre un bon moment.

– *My friend is not all right of the small man with a fez!*

– *S'cuse me?* lui répond Cooper.

– Comprenez pas?

Cooper regarde ailleurs.

Complètement découragée, Huguette jette un œil autour de la pièce. «C'est ridicule! Il y a sûrement quelqu'un ici qui peut comprendre le français!» se dit-elle.

Et comme si on avait entendu son appel, un ange tombe aussitôt du ciel.

Mirage?

Hallucination?

Miracle?

Peut-être un sosie ?

À moins d'une erreur ?

Non, c'est bien lui ! L'agent Duclos en chair et en os. Ce n'est pas un hasard, Huguette en est certaine. C'est le destin qui les réunit. Rien n'arrive pour rien dans la vie. Pas même Duclos. Huguette se jette aussitôt sur lui comme une abeille sur un pot de confiture oublié sur une table à pique-nique...

– C'est tellement extraordinaire de vous rencontrer ici, monsieur l'agent ! fait celle qui hier encore priait le ciel de ne plus revoir celui qui a le don de renverser du *coke* sur son beau tapis persan et d'émietter des chips sur les coussins de la bergère en velours.

Duclos, qui reconnaît aussitôt Huguette Pomerleau, est surpris d'un tel accueil de sa part. « Il est vrai que lorsqu'on est loin de chez soi, un visage connu est toujours rassurant », se dit-il...

– Vous… euh… vous êtes en vacances ici? bafouille Huguette, qui n'a qu'une seule idée en tête, lui annoncer la disparition de Bradoulboudour et activer les recherches.

– On est environ 750 policiers à Sarnia Beach pour le congrès des…

– J'ai besoin de votre aide! coupe Huguette, qui ne veut absolument pas avoir de détails sur le congrès de policiers.

– Qu'est-ce que je peux faire pour vous? s'intéresse aussitôt l'agent.

– Brad est ici, annonce-t-elle.

– C'est vrai? répond Duclos, lumineux. On pourra se faire un petit billard en soirée alors. Vous êtes à quel hôtel?

– Le problème, c'est qu'on sait pas où il est.

– L'hôtel?

– Non. Brad.

– Brad sait pas où est l'hôtel?

– On sait pas où est Brad.

– Pas de problème avec l'hôtel ?

– Non.

– Merveilleux !

– Mais BRAD A DISPARU !

C'est beaucoup trop de données pour l'agent Duclos qui lui fait recommencer son récit depuis le début. Huguette répète et précise. Au bout d'un moment, l'agent Duclos sent le besoin de demander du renfort. Il saisit son *walkie-talkie* :

– Code 12, sergent !

– Encore une sale affaire, si je comprends bien ? lui dit Morissette en arrivant bien calmement.

Huguette recommence aussitôt son petit boniment avec beaucoup plus de détails cette fois et un peu moins d'impatience.

– Sait-il nager? demande le sergent Morissette avec tout le sérieux du monde.

– Pas sûre, répond Huguette.

– On s'en va à la plage, Duclos! ordonne le sergent.

– C'est pas un peu frisquet pour se baigner comme ça au milieu de la nuit, sergent?

– Duclos, penses-tu vraiment que j'ai envie de me baigner en ce moment?

– Euh…

– Brad est en danger, Duclos. Grouille!

– En danger?

À cet instant précis, Huguette Pomerleau se demande si Duclos et Morissette sont vraiment les anges tombés du ciel qu'elle espérait.

Noyade? Fugue? Enlèvement? Le mystère demeure. Bradoulboudour a-t-il été victime d'un malaise? Toutes les hypothèses sont sur la table à pique-nique en ce moment. Ils n'ont pas fermé l'œil de la nuit. Ni Jules, ni Guillaume, ni Albert, ni Huguette. L'agent Duclos et le sergent Morissette non plus. Sans motif apparent, un petit homme calme, visiblement heureux, aimé de tous et sans histoire débarque en vacances aux États-Unis et disparaît le lendemain. Personne ne l'a revu. Il n'a laissé aucune trace. Aucun indice. Rien.

— On ne lui connaissait pas d'ennemis? demande le sergent Morissette à Albert.

Albert bafouille et assure que, malgré quelques divergences d'opinion, il trouvait que Brad était un type formidable.

– Il nous manquera à tous, ajoute-t-il en baissant les yeux.

– Mais qu'est-ce qui te prend de parler de Brad au passé, Albert Pomerleau? s'indigne Huguette. On va le retrouver!

Huguette demande au tandem Duclos-Morissette de rester discret sur cette affaire. Pas question de mettre les 748 policiers présents à Sarnia Beach dans le coup. «S'il fallait qu'on découvre qu'un génie de potiche se balade au bord de la mer», se dit Huguette, sans donner de détails aux policiers.

– On devrait résumer les faits, suggère Duclos.

– C'est exactement ce qu'on vient de faire, réplique Morissette. On a résumé les faits toute la nuit. Je propose qu'on dorme un peu. On entreprendra les recherches ensuite.

À ces mots, Duclos s'étire, bâille, pose sa tête sur la table et s'endort.

– Debout, DUCLOS ! Réveille-toi, immmmmmédiatement, pour l'amour !

– Désolé, sergent.

– On va dormir à l'hôtel.

Aussitôt, les policiers se glissent dans la rosée du petit matin.

Rongée par l'inquiétude, la famille Pomerleau continue d'élaborer les pires hypothèses. Et comme les agents Duclos et Morissette ne donnent pas de nouvelles, il est bien difficile pour eux d'être rassurés...

– Les ravisseurs de Brad sont sûrement au courant qu'on a mis les policiers dans le coup! laisse tomber Guillaume. Ils les ont enlevés aussi, c'est clair.

– On sera peut-être les prochains à disparaître, fait Huguette.

– Détends-toi un peu, lui répond Albert. Et si on profitait de l'absence de Brad pour choisir notre dernier voeu?

– Albert Pomerleau, penses-tu vraiment que c'est le moment?

– N'empêche que si on arrivait à vider la question, une fois pour toutes...

– Notre pauvre Brad est peut-être ligoté, à demi conscient dans un sous-sol plein de rats et toi, tu veux qu'on pense à nos petits désirs, Albert?

Ce n'est que vers 16 heures le lendemain que Duclos et Morissette font enfin leur apparition entre deux tentes-roulottes. Duclos suit péniblement Morissette, les yeux cernés jusque-là.

Les Pomerleau courent vers eux, tout énervés.

– Est-il vivant? L'avez-vous vu? A-t-il maigri?

Duclos et Morissette échangent un regard. Duclos bafouille, Morissette se racle la gorge. Duclos éternue, Morissette lui fait des gros yeux. Bref, ça ne finit plus.

– Mais allez-vous parler, nom de Dieu? crie Albert.

– On est prêts à tout entendre, ajoute Huguette plus calmement. Pas question de nous ménager. On veut toute la vérité.

– Qu'est-ce que vous avez découvert? demande Guillaume.

– Les nouvelles sont loin d'être bonnes, annonce Duclos.

Huguette pâlit.

– Comment ça? fait-elle en tremblant.

– Comment dire...

– Vous l'avez trouvé, oui ou non? s'impatiente Albert.

– Pour l'avoir trouvé, on l'a trouvé..., répond Duclos.

– Vivant?

– Vous n'allez pas lui dire que c'est moi qui vous l'ai dit? demande Duclos.

– Promis.

– Juré?

– Juré, craché, mais parlez!

– Il est au Poca Cabana.

– Pardon?

– Poca Cabana.

– J'comprends pas, là.

– Poca Cabana.

– Pouvez pas être un peu plus précis?! s'impatiente Albert.

– J'imagine que c'est à Bora Bora…, avance Guillaume.

– C'est à deux pas d'ici. Juste en face du Losbter Grill. Coin St-Andrew et Burlington. Un…

Duclos hésite à donner ce dernier détail.

– Un ? font ensemble les Pomerleau.

– Un hôtel de luxe.

La nouvelle tombe sur les épaules d'Albert comme une tonne de briques.

– Calme-toi, Albert. J'y vais ! annonce aussitôt Huguette, quittant le terrain de camping sur-le-champ.

– Juste en cas de pépin, la carte de crédit ? C'est bien ce que tu lui as dit, hein, Huguette ?

– Il ne perd rien pour attendre, celui-là !

Allongé au bord de la piscine du luxueux hôtel Poca Cabana, Bradoulboudour, en peignoir de ratine moelleuse, sirote une limonade avec un petit parasol piqué au beau milieu des cerises et des glaçons. La nuit dernière, il a dormi comme un bébé dans des draps plus doux que la soie des coussins du grand vizir Jamyl. Les sacs pour dormir, l'humidité, les ours, la misère... Très peu pour lui. Il n'a pas tenu 24 heures.

– Ce n'est pas une raison pour faire une fugue, Brad! lui a tout de même dit Morissette quand il l'a trouvé en ratissant la ville, la veille. Votre famille se meurt d'inquiétude. Vous devriez leur donner un petit signe de vie.

Bradoulboudour aimait bien l'idée qu'il avait une famille qui s'inquiétait pour lui. Cela ne le ferait pas retourner au camping pour autant. Il y a des sacrifices qu'un génie n'est pas prêt à faire. Le camping fait partie de ceux-là.

La soirée a été parfaite. Le billard avec les deux policiers, les homards, le champagne, tout. Et en ce moment, derrière ses lunettes de soleil, Bradoulboudour revit chaque détail de cette nuit étoilée. Pas étonnant qu'il ne remarque pas la petite dame furieuse qui s'approche de lui, les poings serrés...

– JE NE VOUS DÉRANGE PAS TROP, BRADOULBOUDOUR?! crie Huguette assez fort pour réveiller trois dames qui rôtissaient dans leur chaise longue.

– Oh! Huguette! Quelle magnifique surprise! lui répond aussitôt le génie, sincèrement content de la voir arriver. Vous avez craqué, vous aussi? Normal. Le

camping, ce n'est pas pour nous. Dormir par terre, se faire dévorer... Vous allez adorer, ici. Regardez-moi ces palmiers. Je vous commande une limonade?

– Je suis très en colère, Brad.

– Oh! pardon. Une dispute avec Albert? Il ne faut pas lui en vouloir, Huguette, il pensait bien faire avec son idée de camping. Il le regrette sûrement...

– Avez-vous la moindre idée de ce que va encore nous coûter votre escapade à l'hôtel, Bradoulboudour?

– Le petit déjeuner est inclus, Huguette.

– On vous croyait mort, Brad!

Brad sourit.

– C'est vraiment gentil de vous inquiéter.

– Dépêchez-vous !

– De… ?

– Vous revenez au camping avec moi.

– Pardon ?

– Immédiatement. Allez !

– Vous n'êtes pas sérieuse, Huguette ? Moi ? Retourner au jardin des supplices alors qu'ici…

– Ouste !

– C'est ainsi que vous traitez un génie de mon rang, Huguette ?

– Et rendez-moi ma carte de crédit !

– Bon, bon, bon… si on ne peut plus rigoler…, soupire Brad en adressant un regard meurtri aux dames sur les chaises longues.

L'une d'elles voudrait peut-être un génie?

Inconsolable mais docile, déçu mais fidèle, Brad suit Huguette jusqu'à la voiture.

– Qu'est-ce que vous faites, Brad?

– Je monte dans la voiture, pourquoi?

– Vous ne pouvez pas partir avec le peignoir de ratine de l'hôtel!

– Mais si...

– Non, Brad.

Au camping, l'ambiance est à couper au couteau. Les Pomerleau mâchouillent leurs caoutchouteux hot-dogs sans parler. Le génie, pour sa part, refuse carrément de manger. Une grève de la faim dont tout le monde se passerait bien. Au bout de la table, Albert bouillonne. Huguette tente de le calmer du regard, mais rien à faire. Brad a définitivement bousillé les vacances de la famille.

Au dessert, c'est Jules qui casse la glace le premier en demandant naïvement, la bouche pleine:

– Est-che qu'on va ch'en aller demain?

– Mais non, mon petit Jules, pourquoi on partirait demain? répond rapidement Huguette. Évidemment, on n'a plus beaucoup de sous, mais...

– Qu'est-che qu'on va faire?

Huguette ne sait quoi ajouter.

– On devrait faire un truc cool! propose Guillaume.

Invitation peu précise mais difficile à rejeter.

«Guillaume a raison, se dit Huguette. Une activité inhabituelle remonterait le moral de chacun. Mais quoi? Une activité pas trop dispendieuse...»

De son côté, Albert pense à peu près la même chose.

«Pas question de gâcher le reste des vacances! se dit-il. Ce n'est pas parce qu'un génie qui exauce des vœux est apparu dans notre vie qu'on doit se

laisser abattre. Au contraire, faisons preuve de solidarité. Serrons les coudes. Cette épreuve nous rendra plus grands, plus forts, plus unis que jamais…»

Un nouveau projet apparaît. Cette fois, la famille va adorer. Albert Pomerleau en est absolument certain. Alors, il fonce!

– J'ai trouvé! lance-t-il à la manière d'Archimède. Je sais exactement ce qui nous ferait plaisir à tous!

– Albert, je ne pense pas qu'on soit en forme pour formuler notre troisième vœu aujourd'hui. On en reparlera, veux-tu?

– Huguette, j'ai un beau projet pour demain…

Sa bonne humeur soudaine surprend tout le monde. Elle soulève des craintes aussi.

– Pas un cours de brêlage ? s'inquiète Jules.

– J'ai pas vraiment le goût de faire de la bannique non plus, ajoute Guillaume.

– Encore moins d'en manger ! précise Huguette.

– Je vous emmène à Coconut Island ! annonce Albert, radieux.

– À quoi ?

– Coconut Island.

– J'comprends pas.

– Coconut Island.

– Tu pourrais pas être plus précis, Albert ?

– Un endroit de rêve…

Une petite lueur apparaît aussitôt dans les yeux de Bradoulboudour. Ceux d'Huguette s'assombrissent…

– Arrête de rêver, Albert! Notre budget de vacances est à sec. Impossible de se payer un hôtel chic.

– C'est pas un hôtel, Huguette. C'est une île. Le propriétaire du camping m'en a parlé le soir où on est arrivés. Paraît que c'est merveilleux.

– Une île comme Bora Bora? s'emballe déjà Brad.

– Si vous voulez, répond Albert sans le regarder.

Jamais de toute l'histoire de la famille Pomerleau une décision n'aura été aussi facile à prendre. Tous ont voté oui. Tous iront visiter cette petite île que les gens de la place appellent Coconut Island. Et tous ont retrouvé leur bonne humeur.

Même Brad.

Tous les ingrédients pour une journée parfaite sont en place. Le temps idéal pour une croisière en mer. Albert a préparé les sandwichs, rempli la glacière de boissons froides et il a loué une embarcation à moteur. Rien de bien luxueux, mais elle conduira la famille jusqu'à Coconut Island sans problème. C'est du moins ce que lui a confirmé le capitaine Blackburn, qui est aussi le responsable de la marina, propriétaire du camping et pompier volontaire.

– Allez, la famille Crusoé, montez! leur crie Albert, déjà dans l'embarcation.

– Es-tu certain d'avoir bien compris les indications, Albert? Tu parles pas souvent anglais, mon chéri.

– *Yes, my dear!* Tout est beau!

Huguette, Guillaume et Jules embarquent dans le bateau, tout excités par le projet. Brad, pour sa part, reste sur le quai. Le génie semble plutôt nerveux...

– Allez, Brad! Qu'est-ce que vous attendez?

– C'est que... J'imaginais plutôt un paquebot ou quelque chose du genre..., marmonne-t-il.

– Ne faites pas l'enfant gâté, Brad. Il est très bien, ce yacht!

– C'est une chaloupe à moteur, p'pa.

Bradoulboudour consent tout de même à monter à bord, en s'agrippant nerveusement à tout ce qu'il peut.

– Attachez vos ceintures, c'est un départ! lance Albert en tentant de faire partir le moteur à gaz.

Il tire la corde une fois. Deux fois. Dix fois.

– Z'auriez peut-être dû louer un drakkar, avance Brad. C'est moins polluant et beaucoup plus sécuritaire.

Albert ne relève pas le commentaire. De peine et de misère, il finit par faire ronronner le moteur, duquel s'échappe une épaisse fumée noire. Personne ne se plaint de l'insupportable odeur de gaz. Brad se pince le nez, tousse, grimace, mais reste poli.

Et c'est parti!

L'aventure commence. Tout le monde roule et tangue, mais tout le monde s'amuse. Enfin, presque tout le monde... Le visage de Brad est si vert qu'on peut se demander s'il apprécie vraiment la traversée... Albert le rassure: l'île n'est pas bien loin. Huguette fixe l'horizon, un peu anxieuse...

– C'est ton île qu'on voit là-bas? demande-t-elle en se levant un peu trop brusquement dans la chaloupe qui menace de verser sur le côté.

– ASSEYEZ-VOUS, HUGUETTE! hurle Brad.

– Vous êtes bien nerveux, Brad. Vous n'avez pas le pied marin, n'est-ce pas?

– Mais asseyez-vous!

– Albert, insiste Huguette, est-ce que c'est ta Coconut Island qu'on aperçoit, à gauche?

– Mais pas du tout, ma chérie. Elle est juste ici, mon île.

– Où ça? demande Guillaume

– Là.

– Où, là?

– À 3 heures.

Ils ont beau fixer l'horizon à l'endroit précis où se trouve le chiffre 3 sur une horloge, ils ne voient absolument rien qui puisse ressembler à la moindre Coconut Island.

– Êtes-vous certain d'avoir pris la bonne route ? demande Brad, les mains crispées, les yeux vitreux.

Décidément, Brad est plus fanfaron sur la terre ferme.

– J'vois toujours pas d'île ! maintient Guillaume, maintenant debout lui aussi.

– TU VEUX NOUS FAIRE CHAVIRER OU QUOI ? hurle Brad, paniqué.

Albert sourit...

– C'est vraiment une île magnifique ! dit-il en regardant dans les jumelles.

– Parles-tu de la butte de sable, p'pa ?

– Sois poli, moussaillon.

– C'est pas une île, ça.

– Non seulement c'est une île, cher fiston, mais c'est un endroit paradisiaque. Dépaysement garanti ou argent remis.

– Mais y aura pas un chat sur cette île-là !

– Pas besoin de chat en vacances.

– Et l'hôtel ? ajoute Brad.

– Pas besoin d'hôtel non plus.

Huguette est déçue aussi, mais elle ne laisse rien paraître pour ne pas décourager l'équipage. Ce n'est pas vraiment la croisière à laquelle elle s'attendait, mais bon. Restons ouvert à l'imprévu.

Cela dit, en posant le pied sur l'île, Huguette Pomerleau est conquise...

– Oooooh ! C'est merveilleux ! s'excla-me-t-elle. On est vraiment comme des naufragés. C'est excitant ! On se sent teeeeellement perdus. J'adore ça.

– Ben voilà ! lui répond Albert, tout heureux qu'elle soit contente.

– Le sable est teeeeeellement doux...

– Je savais que tu aimerais ça, ma belle Huguette.

– On est seuls au monde, précise Brad, visiblement très, très, très déçu.

– C'est tout le charme de Coconut Island, ajoute Albert.

– Pas de palmiers, pas de tortues, pas d'apéro glacé..., ronchonne on devine qui.

Une fois la surprise passée, Jules et Guillaume trouvent l'endroit plutôt chouette aussi. Un lieu rêvé pour une grande compétition de frisbee, du moins. Pas un arbre, pas d'obstacle, que du sable et... du sable. Sans compter que sur cette île, il y a bien des chances que d'affreux, sales et méchants pirates aient oublié un coffre rempli d'or et de bijoux. Les deux frères partent y jeter un œil. Juste au cas.

– Imagines-tu, Albert, si les enfants trouvaient vraiment un coffre rempli d'or?... soupire Huguette.

– On pourrait virer Brad!

– Mais non, Albert. Pas question de virer Brad.

– J'aime pas vraiment le sable entre mes orteils, Huguette, bougonne le génie au loin. On part à quelle heure?

– Finalement, peut-être qu'on pourrait virer Brad, se ravise Huguette.

Mais même s'il a d'abord ronchonné un bon coup, même s'il a soif, s'il a chaud, et que ses coups de soleil le font terriblement souffrir, Bradoulboudour finit lui aussi par apprécier l'exotisme de l'endroit. Difficile de résister aux charmes de cette dune de sable blond bordée de coquillages. Sans compter qu'Albert Pomerleau a fait des miracles en concoctant un petit dîner fort copieux. Le pique-nique sur l'île perdue restera mémorable.

Après le repas, étendus sur le sable, Huguette et Albert savourent ce rare moment de détente, les yeux fermés. Le vent doux, le bruit des vagues… Les vacances seraient-elles enfin commencées ?

– Tu as eu une merveilleuse idée, Albert.

– Hé.

– On devrait pouvoir rester ici toute la vie…

– Mmmm! ajoute Albert, déjà dans un demi-sommeil.

– J'ai la vague impression que votre vœu va être exaucé, leur dit aussitôt Bradoulboudour, la voix chevrotante.

– Mais non, Brad…, lui répond Huguette sans ouvrir les yeux. Ce n'est pas notre troisième vœu.

– Huguette, je pense qu'il y a un problème…, insiste Brad.

– Allons, Brad. Faites une petite sieste comme nous. Oubliez les problèmes.

– Huguette, je n'aime pas du tout ce que je vois.

– Brad, vous avez entendu ce que vous a dit ma femme ? DÉTENDEZ-VOUS, NOM DE DIEU ! Nous sommes ici pour nous REPOSER et c'est ce que je vous ordonne de faire aussi !

Brad se tait, mais à peine quelques secondes plus tard… un cri strident déchire le silence de Coconut Island.

– MAMAAAAAAAAAAAN !

Coconut Island rapetisse à vue d'œil! La marée monte! Petit détail qu'Albert a oublié dans la planification de son expédition. En fait, petit détail qu'Albert n'a pas tout à fait saisi… Le capitaine Blackburn l'avait pourtant prévenu qu'à marée haute, Coconut Island disparaissait complètement.

– *Be very careful!* a dit Blackburn.

– Vous aussi! a répondu Albert, ayant compris que le capitaine lui disait: «Soyez très heureux!»

Maintenant, les Pomerleau doivent agir rapidement. Il faut être efficaces, précis, organisés.

– On ramasse tout! hurle Albert. On travaille en équipe!

– La vague vient d'emporter la glacière !

– Oublie la glacière !

– On a perdu le frisbee aussi !

– Cours jusqu'au bateau, Jules !

– Où il est, le bateau ?

– Là où on l'a laissé.

– Et c'est où ?

Des vagues furieuses déferlent et commencent à dévorer l'île. Les Pomerleau n'ont pas une minute à perdre.

– C'est pas ici qu'on a laissé le bateau ? demande Guillaume.

– VITE, L'EAU MONTE ! hurle Brad.

– On le voit, que l'eau monte, Brad ! C'est le bateau qu'on cherche !

S'amorce aussitôt une course folle autour de l'île. Pour en revenir fatalement au point de départ et faire cet effroyable constat :

– Albert, on n'a plus de bateau !

– On panique pas, Huguette ! On panique pas ! On panique pas ! répète Albert, complètement paniqué. On refait le tour de l'île !

– On l'a fait quatre fois, lui répond Guillaume.

– On va mourir…

– Ben non, Jules ! On va trouver une solution ! Albert, as-tu une solution ?

– Oui, oui.

– Tu vois, Jules ? Ton père a une solution. Albert, dis-la vite, ta solution, OK ?

Albert n'a pas de solution. Une heure tout au plus et Coconut Island sera complètement engloutie.

– On va faire un feu pour demander du secours ! crie Guillaume.

– UN FEU ? UN FEU ? As-tu du bois, Guillaume ? Vois-tu des branches ? As-tu apporté des allumettes ? Y a juste du sable ici, Guillaume ! DU SABLE, DU SABLE, DU SABLE, DU SABLE…

– Calme-toi, Albert. On va s'en sortir…

Mais l'île diminue toujours et leurs chances de survie aussi. Les Pomerleau se tiennent maintenant blottis les uns contre les autres au centre de la butte de sable. Le tableau est désolant. Il apparaît maintenant évident pour tout le monde que Bradoulboudour doit agir. Pas le choix ! Cette fois, ils sont tous d'accord, inutile de se consulter : le dernier et ultime vœu du génie servira à leur sauver la vie.

– Allez-y, Brad, fait Huguette en larmes. Sortez-nous de là ! Il ne faut pas perdre de temps.

– …

– Brad ?

Bradoulboudour ne réagit pas. Il est visiblement en état de choc.

– BRAD, VOUS M'ENTENDEZ ?

Une vague violente arrose le génie. Il ne recule pas. Ne bronche pas. Ne réagit même pas. Bref, il n'est pas là du tout.

– BRAAAAAAAD !!!

– Je... je... sais pas nager, bafouille-t-il.

– On ne vous demande pas de nager. On vous demande d'exaucer notre dernier vœu ! Allez !

– C'est la fin, déclare-t-il. On va tous mourir.

– Mais non, c'est pas la fin !

– Oui, c'est la fin.

– Vous m'énervez, Brad ! Ce sera pas la fin si vous nous sortez de là, c'est tout ! VOUS ÊTES UN GÉNIE ! L'avez-vous oublié ?

– Quand j'étais tout petit génie, une vague énorme a emporté ma potiche pendant les vacances.

– Pas le temps pour les souvenirs d'enfance, Brad! Grouillez-vous!

– C'est notre bateau! crie soudain Jules, tout énervé.

Albert saisit aussitôt les jumelles et confirme. C'est bien leur chaloupe qui flotte au loin.

– Oublie le génie, Huguette. Il est pas opérationnel, déclare Albert en enlevant sa chemise. Je vais vous le ramener, ce bateau-là.

– Es-tu fou, Albert? C'est beaucoup trop dangereux. Brad, empêchez-le de partir! Faites quelque chose! Réagissez un peu!

Les yeux hagards, Bradoulboudour continue de ruminer son traumatisme d'enfance.

– Il y avait tout plein d'eau qui rentrait dans ma potiche, le bouchon d'origine flottait quelque part. C'était horrible.

– Vraiment rien à faire avec lui. C'est ridicule…

Albert embrasse Huguette.

– Souhaite-moi bonne chance, ma belle !

– C'est trop risqué, Albert !

– Oublie pas que j'ai gagné la médaille d'or de natation, Huguette !

– T'avais seize ans…

Courageux et téméraire, Albert se jette dans la mer glaciale et menaçante.

– Il y a des requins? s'inquiète Jules.

– Mais non, mon chéri. Mais non.

Et pendant que Coconut Island disparaît un peu plus à chaque mouvement de l'océan, les mauvais souvenirs de Brad refont surface et Albert Pomerleau se bat contre les vagues déchaînées.

Tous vivent un véritable cauchemar.

Être heureux, c'est réaliser que le simple fait de pouvoir manger des guimauves autour d'un feu avec ceux qu'on aime tient du miracle. Ce soir-là, pour nos cinq rescapés, le *Coconut Island Campground*, l'odeur de citronnelle qui flotte et même les chansons scoutes d'Albert ont quelque chose de magique. Pas un moustique, pas même le bruit de la pompe ne pourrait gâcher un tel moment.

– Vous êtes mon héros, Albert! répète sans cesse Bradoulboudour. Vous nagez si vite! Vous nagez si bien. Et quel style! Je vous fais griller une autre guimauve?

– Non, merci, Brad.

– Un verre de jus?

– Non.

– Vraiment dommage que ce soit le dernier soir, laisse tomber Guillaume.

– On pourrait revenir l'an prochain? propose Jules.

– L'an prochain, on a promis à votre père d'aller à la pêche. Il mérite bien ça, non?

– Vous êtes mon héros, Albert.

– Oui, merci, vous l'avez déjà dit, Brad.

– Si vous avez besoin de quoi que ce soit, Albert, je suis à votre service. Ne l'oubliez jamais.

– Si vous réussissez à exaucer notre dernier vœu quand on vous le demandera, ce sera déjà très bien, Brad.

– Je suis votre génie, Albert.

– Oui, je sais.

– Vos désirs sont des ordres.

– Merveilleux.

– À la vie, à la mort.

– C'est noté.

Et pendant que la lune se lève au-dessus des grands pins et que les ours s'endorment tranquillement au fond des bois, les yeux de Bradoulboudour s'illuminent en regardant la petite famille Pomerleau...

– Albert? finit-il par demander après un long moment de silence.

– Oui, Brad?

– Et si on partait à Bora Bora pour se remettre de toutes ces émotions?

Épilogue

CRÉDIT DÉBIT

no. 16538 2376 4798430

	185, 00 $
votre compte du mois courant	20,00 $
	6,00 $
	4,50 $

- Une nuitée à l'hôtel Poca Cabana
- Télévision câblée
- Lait fouetté à l'ancienne
- Gâteau triple chocolat
- Achats à la boutique de l'hôtel

robe de chambre	172,80 $
maillot de bain	8,00 $
Pyjama de satin	112,35 $
crème de bronzage	100,00 $
lunettes fumées	45,00 $
	28,90 $
- Apéritif	40,00 $
- Souper 6 services, homard en sus	6,35 $
- Champagne	35,00 $
- Orchestre de mariachis	43,75 $
- Extra déjeuner au lit	65,00 $
- Service de manucure	48,00 $
- Cappucino Grand Luxe	12,00 $
- Location d'équipement de golf	28,30 $
- Dîner de cailles en sauce	40,00 $
- Une bouteille vin (Château Grand Crû)	
- Service de massothérapie	
- Margarita	
- Location d'équipement de criquet	
- Thalassothérapie	

suite à la page suivante

page 1 sur 3

LE PETIT MOT
DE L'AUTEURE JOHANNE MERCIER

J'ai trouvé mon compagnon de voyage idéal: nul autre que Bradoulboudour. Tout comme Brad, j'irais bien me prélasser à Bora Bora un de ces quatre. Tout comme lui, je n'aime pas trop les tentes humides, les couleuvres et les moustiques. Quelqu'un peut me dire pourquoi ce génie n'est pas apparu dans ma famille à moi plutôt que chez les Pomerleau?

Mais à défaut de pouvoir faire les 400 coups en vacances avec Brad, je passe de longues journées d'écriture en sa compagnie. Et je vais vous dire: écrire les aventures de Brad, c'est un peu comme des vacances!

Série Brad

Auteure : Johanne Mercier
Illustrateur : Christian Daigle

1. Le génie de la potiche

2. Le génie fait des vagues

www.legeniebrad.ca

Mes parents sont gentils mais...

Illustratrice : May Rousseau

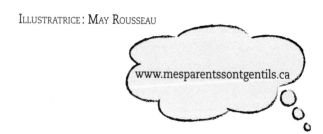

www.mesparentssontgentils.ca

Le Trio rigolo

AUTEURS ET PERSONNAGES :

JOHANNE MERCIER – LAURENCE

REYNALD CANTIN – YO

HÉLÈNE VACHON – DAPHNÉ

ILLUSTRATRICE : MAY ROUSSEAU

1. Mon premier baiser
2. Mon premier voyage
3. Ma première folie
4. Mon pire prof
5. Mon pire party
6. Ma pire gaffe
7. Mon plus grand exploit
8. Mon plus grand mensonge
9. Ma plus grande peur
10. Ma nuit d'enfer (printemps 2008)
11. Mon look d'enfer (printemps 2008)
12. Mon Noël d'enfer (printemps 2008)

www.triorigolo.ca

MEMBRE DU GROUPE SCABRINI

Québec, Canada
2007